百年の雪

篠原節子歌集

短歌研究社

目次

百年の雪

I

Ⅱ

Ⅲ

フェルディナンド・ホドラー
「朝方の峰」
一九一五年
チューリッヒ美術館蔵

百年の雪

I

夕焼小やけ

消えぬため生きてゐるやうな母と見る夏の砂丘の夕焼小やけ

すらすらと無理いふ母は太陽をひきずり走る青トカゲかも

出目金は眼が重いから沈むのね死にかけの金魚に母のつぶやく

邪気はらふ豆はコロコロくるま椅子の母を追ひこす時空をこえて

気管支まで青々そめる五月なり車椅子の母鯉のぼりうたふ

ずつしりと片削ぎの月上りきぬ誰の砂丘をこえてきし我

絵葉書の合掌造りに見入る母、ああ母にふぶける遠き故郷《ふるさと》

脳症の母に見ゆるはふるさとの山の風いろ鳥の声いろ

百年の雪

柿田川梅花藻ゆらす湧水は富士に積みゐし百年の雪

木更津の名物あさりかき揚げをたひらげ対す春の富士嶺に

夏富士は眼にもあやなり松原の沖をはるけく帆船のゆく

有馬富士なつのススキの影ひきて草の実はぜる落日のみち

富士の嶺はるかに見えて海青し房州ひじきを漁《すなど》る女ら

波の間に富士ケ峯《ね》みえて北斎の海は妖しくゆきふぶくなり

つばめ飛ぶ安達太良山の北壁ぞ上昇気流に雲はひのぼる

富士見えぬ旅にはあれどしづやかに関東の山われに添ひきぬ

まどろむ

車椅子押すにひたひた寄せてくる時間の波に母はまどろむ

いつからか卯の花しろく咲き匂ひ呆けし母は父の名を呼ぶ

とびとびに道にたまれる雨水にあけぼの杉は梢《うれ》うつしつつ

苔の花むなしく映ゆる冬こみち傍《かた》への空缶ポーンと蹴りぬ

桜木は早めぶきそめわたくしの指先からは柳が芽吹く

過ぎし命いまの命がからみあひ冬月光《つきかげ》となりて降りくる

朝なさな金魚メダカにあいさつする母はすゆすゆほほづき鳴らす

断捨離の女神と化せし母なりき通帳も実印も捨ててしまひぬ

女には夢など要らぬと言ひし父いまなく梅雨めく家にわれ住む

束縛はすべて放たれ青空に会ひたき人を思ひ浮かべよ

いつもの歩道、工事迂回のお願ひでおねがひされたくない朝だつてある

あなたへの悲しみがしたたり落ちてゆくカーテンを替へよう秋草もやうに

貸金庫ひらけば匂ふ昭和の気権利書あまたに母の真実

見知らぬ名写真のうらに記しあり母の捨てにし恋人なるや

何を問へどもわからぬ母は貸金庫など知らぬとパン食む

魚なのに涙袋の光るとふヒカリキンメダヒゆるら泳げる

「七つの子」「われは海の子」うたひつつ母の脳《なづき》は時空を超える

ぽつかりと母がまなこを向けし空さかさ兎のまん丸月夜

視線つれいでゆく蝶よ暁のまなぶた思ふ母の晩夏の

聞えるけどあんたの言葉がわからない母と私のすれ違ふ空間

骨折しこの世あの世をゆうらゆら母はさまよふ汀の砂浜

深々と生命線の伸びる手よ螢しづかに照らしゐるべし

春鰈に木の芽をそへてすすめれば母の表情ふとやはらぎぬ

人生まだまだ

東京に埃まみれの夕陽が落ちるストンと落ちる人生まだまだ

生きてある事ぞうれしき鬼貫《おにつら》はコップあふれて枡にみちゆく

母の日の年に一度のバラ湯なり喜寿も傘寿もみな皆笑ふ

人類の亡んだやうなしづけさに我がハブラシの毛は反りかへる

難しき物理はいまだキャップ開《あ》け日田天領水ぐいと飲み干す

絵の中で生きてゐるんだ蝶も鳥もわたしは生きてゐるんだらうか

山ガール

雪女こんな山には出るといふ尾根道をゆく山ガールぞ我は

老いてなほ花咲かせつぐ淡墨ざくら地図にも乗らぬにバスの混みあふ

忘れずよ一万尺の山の月照りわたりたる御嶽火口

アヘノコトに神入り給ふ日あぜみちは野蒜の青のそそけ立ちたり

山城の鬼蜘蛛ほそき糸吐きて風に乗りつつ法然院をとぶ

頂にいづれば笑顔の山男吹くオカリナは丹沢のかぜ

どんぐりの青実に卵うみつけし灰色チョッキリは森の番人

樹々くらく山は夜更けぬ秋風に下よりのぼる月を受けつつ

雷鳥の親子か尾根道おぼおぼと早く母さん安心させとくれ

頂にたてばはろけく遠泳のみづうみに浮く頭みな小さし

むらさきの桔梗はほそく稲妻につゆ一しづく落ちる夕やみ

青くさに結べる露のそれぞれのさやけきいろに山澄みにけり

槍穂高縦走せむと日々歩くほかりはかりと白蓮の散る

ピッケルにアイゼン、スノーシューは必需品百の頂に百のよろこび

山セミはトサカふり立て勇みつつ多摩川源流水域に鳴く

梅雨はれま雪に倒れしブナの樹に傘をひらける花いろカハタケ

ぬめぬめと大山椒魚巨岩《おほいは》をよぢ登りゆく岳切《たつきり》渓谷

颯爽と山頭もたげし皇海山《すかいさん》くま笹はばむ修験者のみち

チングルマ咲く峰はそこ朝焼けに山地震《やまなゐ》つづくペンケトー*なり

＊ペンケトーはアイヌ語で後ろの湖

ここからは神の猟場よ五竜岳雲のはざまの岩踏み登る

明日のぼる山は急峻アイゼンを六つ爪に変ふるに物言はぬ男

木曽駒にひつそりふつさり咲き匂ふ氷河期名残りの黒百合の花

我慢せず尖つて生きろ大胆にぐつと踏み込む君の靴先

夏草の力失せゆく川原をトンボ幾匹われ招き飛ぶ

みどり子の裸足は進む川原をいのちをつかみ未来をつかみ

翅たてて川トンボとまる青くさよ複眼に見ゆる我は異星人

熊笹をかき分けゆけば切株は打首のごと断面さらす

履き潰す靴にのぼれる大岩よあへぎつつ見る無慈悲な青空

皇海山《すかいさん》一の鳥居を抜けゆけば庚申七瀧なつをとどろく

鋸山《のこぎりやま》のぼりかへせば岩緒つづき遙かに仰ぐ大富士の嶺

母わすれ家も忘れて岩のぼる摑《つか》むくさりがぎしぎしゆれる

残雪の岩かげより生ふる薄ゆき草かろやかな風に太古の匂ひ

今もなほ噴炎上げる茶臼岳那須の原野は坂東の風

からつぽの心に水の満ちてくる八経《はつきやう》ケ岳《がだけ》日照雨ふる

御嶽の火口に月光てりかかる熔岩《ヨナ》のガレみち山霧のはふ

百名山十七座目に頓挫せり母の看取りの日々のつづきて

あさ霧の晴れてリフトが揺れてゐるだれかが下りた夢の途中で

あしひきの暗《くらがり》峠こえゆけば晴れ間にひびくどんどろ太鼓

ゆらゆらと豆腐がゆれて風あをむ山のふもとの茶店の桟敷

たのしげに何か哀しき祭り囃子あまたのたましひ慰めながるる

姫百合の島

海に咲く大潮の花西表島《いりおもて》の満月に生《あ》るる奇跡の花よ

幻のごとくはじまるサンゴの産卵大潮の夜の月のひかりに

春光はサンゴ礁にふり注ぎちりしく花は沖縄人《うちなんちゅう》いろどる

捨て石とされし琉球おもひみよ珊瑚礁に残る不発弾のかげ

高圧の電流ながるる鉄条網の米軍基地は臨戦態勢

洞窟に今なほ転がるされかうべ誰がため生きしや誰がため死にしや

「チキン《よわむし》‼」と罵声を残し米兵はスポーツカーに我がバス追ひ越す

片すみに小さく暮らせる沖縄人《うちなんちゆう》ハイビスカスよ美しく咲け

金髪をああ太陽《テダ》のごとなびかせてオープンカーに米兵がゆく

紅型《びんがた》に花笠かぶり四つ竹をゆるり鳴らせる別れの琉球

さくらの季《とき》

発表の桜さく散るの巻き紙はゆるゆるしかと広げられゆく

一つ咲き一つ散りにしわが桜血吐き鳥とぞなりはつる春

予備校の固き屋上より飛びおりし友さくらの季節《とき》は血染めの季節

浪人はゆるさぬとの厳命に独立独歩のわが人生と知る

葉ざくらの風とはなれど癒えぬ日々柳田国男に心をひらく

民俗学研究室は千客万来たちまち成りぬ女子会四人

ジーパンに寝袋かつぎスニーカー十八歳の民俗学の旅

春琉球なつ北辺のアイヌ探訪日本列島この眼で見にゆく

十円玉握りしめては電話せり青森函館の連絡船の夜

パ*ンケトー明けゆく空の展望にチュウルイ島は神在《おは》す島

*前の湖

銃口向け十五分で荷物まとめろ島人かたるソ連兵の脅

墓あれどもう帰れぬと島民は網つくろひてほそぼそと生く

札幌まで特急の六時間はろばろくらむ針葉樹林

すすき野の札幌ラーメン顔はまるほどに大きく蟹がはみだす

本当は独立国ではないのねとつくづく知りし国境の旅

赤紙に征きし息子の晴れ姿絵馬にゑがきて奉納せしと

II

ヴァンアレン帯

ずぶぬれの魂《たましひ》乾かし又あるく死ぬまで歩く歌を詠みつつ

遠光る湖は秋日に暮れゆきぬ汀にのこる君との約束

在不在さだかならねど電話する君とのつながり確かめたくて

おどおどと君は聞きたり我の愛をぶつきら棒などうでもよい口調で

直面《ひためん》はあないさぎよし隠れ処《ど》も逃げ場も無きにひたすら挑む

平成二十八年七月「女の詩声《うたごえ》が降る」という詩と短歌の朗読会があった

女の詩《うた》、みづからの声でうたひ上げよあなたの命あなたの花を

女以外なに者でもない女なりぐつと空気をひきよせ歌ふ

母国語と異国《とつくに》言葉が交差して音を奏でる銀河のさやぎ

初夏《はつなつ》の光に映ゆる唐桟《たうざん》もめんいざ着てゆかなマニッシュガール

直線の縞に曲線の女体いれ生《あ》れいづ風情さかみち上る

青空の青に手ひたしさざなみにあなた引きよせ歌ひたい朝

ええ人ほど早よ死ぬと言ふさはさはと葉ざくらさやぎつつじ燃えいづ

アールグレイまゆ毛にしみる晩秋のこころの湿りに添ふ歌一首

書きかけの手紙は風にあふらせて歌の器にこころ放たむ

はみ出してしまつた人生ああしんど業平桜を見上ぐる男

西之島ぐんぐん勢ひ増して来て大きく膨らむ私もふくらめ

ああ夜鷹風切り羽根は音もなく月にきらめきヴァンアレン帯へ

少将の生き稚児のりし長刀鉾注連縄《しめなは》切に車輪きします

囃子《はやし》音も戻り囃子に四条河原町の辻回し町衆勢《きほ》ふ

ルピナス

ルピナスはのぼり藤なり鋭《と》きふさは穂先をたててこの世を生きる

夜のクラゲ浮みてゐるも沈めるも都外れのヴァンアレン帯

灯り一つ消せば十個の星ふえるパッサカリア*のひびく真夜中

*スペインやイタリアの古い舞曲

からつぽのありがたうなんて言ひたくないそんな日の午後バーボン三杯

毒だねと思ふ言葉はききながす星占ひに凶と出てゐても

北斎の波にもまれて磯サザエ思はぬ角度に夢の終はりぬ

かたつむりの奥からきこゆるファンファーレ命のうしほに全細胞鳴る

主語いはず語りはじめる桜月夜ふたりのうしろに匂ふ加茂川

新京極イノダの珈琲シフォンケーキ濃ゆきじかんが二人に流れた

思ひ出にしたくないとの君の言葉わが足とどむる桜なごりの夜

赤信号ふたりの歩みしばし止め君は切り出す恋への飛翔

稲妻

稲妻の夜の閃光《せんくわう》水族館照らしバンダウイルカうまれる

こころの内に杭を打ちこむ二本三本土足であなたに踏み込まれぬやう

七色の音の声明ムオアイヨウム荘厳にして肌にしみゆく

一ミリの安堵があれば生きてゆけるそのままでいい堕《お》ちて生きよ

パブにひびくアイルランドの唄ごゑよ黒ビールジョッキ泡だち傾く

街角の楽器店を霧つつみうちつぱなしの階段くらむ

影のごと御息所のまぼろしの立ち添ひきぬる樒《しきみ》ケ原は

銀河うすれ打上花火のあがる湖《うみ》　針槐《はりゑんじゆ》の樹はくろくさやげり

大花火よぎり稲妻ひらめきぬ我が胸内にもあかき閃光

夜の闇を手足なが猿の声ひびきヨナクニサンは繭つむぎそむ

散歩みち

飛鳥川水もかれはて橘の氏寺あたり明鴉なく

朝々をお前一体なにものと我を見下ろし大楠さやぐ

国道を阿闍梨笠ゆく梅雨のあさ姫ぢよをん揺れる春ぢよをん揺れる

竹林の雨水にしろき胸うつし山鳩二三こゑひくく歩む

風呂屋なる看板はづしコンビニに生まれ変はれど富士山居坐る

靴先に秋の光の冷たくて水の気配すマンホールみち

テディベア手招きしてゐる街角のいつもの銀行菜の花ゆれて

解約ときけばひきつるその笑がほ何に御利用？地球のために

公示日の午前六時に貼られたるポスターすでに陽に灼かれをり

駅前の立喰ソバ屋から経済みえ選挙のゆくへわかると親爺

駅前の広場に集まる選挙カー猥雑なまち蔑しすぎゆく

候補者の写真にポツポツ落つる雨未来のみえる鏡がほしい

湿り気がじっとり髪に下りてくる朝《あした》防犯カメラはみつむ

濃きじかん生きてゐるのかほうたるよわたしの中の螢飛びだせ

野性

霧ふきは十分足りてゐるだろか?·あなたの中の熱帯雨林に

「はげ山の夜イワンの夜」は悪魔の宴ムソルグスキー孤独にあへぐ

つゆ空は竜の化身に包《おほ》はれておしろい花の紅白さゆらぐ

夕ぐれはオレンヂ色の湖の円周にそひペダル踏みこむ

夏草のつる折り取れば殺気あり、つんと野性の匂ひ立ち来る

伸び縮みのびりのびりとミミズ横切《よぎ》る自動車道を向うの森へ

朝あけを透きとほる音ながれきて私を見てと白蓮ひらく

かぷかぷと一番搾り飲む男鍋のうどんはほどけゆくまま

空が広いと感情が流れる初めてみつけた私の法則

一直線に落ちゆく鳥の持ち直す空気のふるへ感じてゐるのか

あを空をどこへゆくのか小走りの山羊とび跳ねる初なつのそら

砂漠こえ、氷河飛行のセスナ機は夜空へ星くづまき散らし消ゆ

落ちこぼれからの逆転世間とは逆方向に走りだしたり

今ならば許せる焼跡の大阪に金こそ力と信じし父を

ハチドリは羽をせはしくカマキリは双手をゆらしくんづほぐれつ

不思議なる旋律にはじまるムソルグスキー　バーバ・ヤガーロシアの魔女

キジどりの声にせかされ登り来ぬ風をふふみて大欅鳴る

ククルカン降臨するとふユカタン半島マヤの遺跡はコンドルの界

鷹わたる岬の先に何が待つまつかなザクロは鶫に食べられ

はつなつ

心まで光あふるる初夏《はつなつ》よ計量カップの水も恋する

朝の陽に水玉もやうの傘干せば昨日の午後の雨が匂ふよ

名古屋帯塩瀬の染めのつばめもやう日傘まはせば夏空をまふ

歩道まではみ出ししバイク鈴懸の小径に漂ふカレーの香り

かたはらのボトルの中の浮人形髪切る合間を逆上がりして

わが耳にナヅナ鳴らせる少年の紙のコップは新茶の薫る

さつきまで止んでゐたのに又雨が*クバ笠に行く竹富島は

*シュロの笠のこと

逆光の夏帽子のきみその声に本気を感じ背筋をのばす

蜘蛛の巣にかかる雨つぶ指にはじく女郎ぐもの紅き眼ひかる

たなばたもちかづき照りし湖《うみ》の面《も》は外輪船にざらつきさやぐ

鳩一羽ななかまどの花つつく朝ピリカメノコの木彫りは笑ふ

しあはせになる為ひとは生きてゐる魔弾の射手の放つ愉悦よ

昼　庭

ドレミファソ上がる音階はる風に隣りの娘《こ》にも恋の来るらし

藤の花むらさき長《た》けし昼庭を生きててよかつたと九官鳥の鳴く

シクラメンうたふごとくに並び咲く廃材置場の猫の乱闘

「餌やるな！」貼紙あれど日々太る猫の視線にたぢろげる朝

ひいふうみい立葵の花あかあかと命かかげる水無月の空

つんつんと若葉攻めくる昼下がりひかりに映ゆる日傘百景

楽章の終はり近づきチェンバロはたゆたふ愛に耐へきれず鳴る

蹴り上げてあした天気になあれとふ小さき靴の着地も見事

眼鏡にもワイパーつけたき春日和黄砂したがへ花ちりやまず

つゆ空

あさ空を怒れる雲の流れゆき川が太れる海がふくるる

昨夜《きそ》よりの大雨あがり冷えくればスカーフ一枚ゆるやかに巻く

山ぶだうにクチナシの花はよく合ふと母の言ひにし梅雨の晴れ間よ

飲みかけの珈琲こぼれ梅雨ざむの壁を家蜘蛛はひ上りゆく

白壁に我が影伸びる紀の川の里にしらじら大賀ハス咲く

つゆぞらが息苦しいとたましひはクチナシに寄りヘビ苺に寄る

夏雨《ナチグリ》のあがりし空にひびかせる琉球の歌女らの情念

神女《ノロ》の宣らす言葉は舟を嘉《よみ》しつつ青海原をただよひてゆく

たちのぼる女の言葉真実にたぢたぢとなる海彦山彦

丹波なる古壺おもみにふりみればサラララサララと菜の花の種

星だつて死ぬ時は来る大胆にヒマハリは咲く笑つて生きろ

落ちてゆくのにまだ燃えてゐる夕陽なつの終はりの空気は軽い

川岸は冷たき水にあらはれてがつと踏み込む鹿の足跡

うぐひだつて皆仲良く住んでゐる僕ならきつとつかまらないよ

鹿の眼は黒くて丸くて潤んでたさいはての丘思ひ出の夏

若者は旅をするべし流離《さすら》ふべしこころの地図をともなひて行け

しらとりの躍動感の浮きいづる川上《かはかみ》不白《ふはく》の茶碗のかろみ

スカイツリーかしやつと瞬き桜の夜関東一円光に領す

断崖をはひ上りはひ上りヘビ苺おのれをふやす妖々《まがまが》しきいろ

よく見ればバラに似てゐるクチナシの花に降りくるほろびの光

豪雨

じつとりとまつはる湿気肌つつみ向うの岸を阿闍梨笠ゆく

地の底のゆがみを見せる剝きだしの断崖を打つ八月の豪雨

濁流に沈み浮みてながれゆく亀の後ろを椅子ながれゆく

ヨガ体操してる窓より大粒の雨に逃げ走る人を見てゐる

わたくしを歌が群れなし泳いでるクロールしながら反すうしてゐる

早過ぎると渋く遅いと食はれてしまふサイカチの実をサイ鳥みまもる

ああかくも難行苦行の子育てに鳥も獣もはげみてゐるよ

影響しえいきやうされゆく人と人自分の軸をわすれてならじ

明け方に見るゆめは窓あはあはとこの世あの世を見せてうかべり

夕焼けは明日と言ふ日のプロローグ七月の空はいまだ明るい

こころこめ描《か》かれし馬はかなしけれ頭《づ》を寄せくるや我手にひそと

ほろぶ雲生れくる雲の寄りあひて梅雨の青空せばまりてゆく

夏

夏涼し金魚鉢とふ名菓あり京都鞍馬の近くの老舗

出刃うす刃菜切り細切り研ぎそろひ夏のまつりの板場はなやか

外苑のカレーライスに風渡り青葉のつばめ宙返りせり

あぢさゐの花まりゆらす川風よ水の匂ひに鉄路の匂ひ

異界へと光は満ちてつる草はゆらゆら虚空に触手をのばす

にょつぽりと梅雨めく空をそびえたつスカイツリーにヘリコプターの群れ

蔓草をぽきりと折りて捨てたれば川面をゆらぐスカイツリーの群れ

本当にこの世でしたい事はなに?・タイムリミット叫ぶふくろふ

月夜

逆さうさぎほんのり肥えて笑つてる月夜にボジョレヌーボーあける

光源は真水の底の白き月大きふくろふうづくまり鳴く

上りゆく月のはやさよ配所跡ふき抜く風に秋ぐささやる

窓際に新書を開き読みふける女はキリンの瞼とぢたり

夜の闇を照らす月光《つきかげ》一すぢの柱となりて庭に下りきぬ

電柱がくろぐろ小雨に濡れてゐるウナギのやうに皮膚呼吸して

一握りの小蕪の種はサラサラと掌よりこぼれて秋日に光る

秋桜はいくら群れてもさびしき花ああ大祖母の好みし花よ

羽田発飛機の尾燈のきらめきにわい雑な街はや雲の下

足とられ転びつつゆく花野なり滅びの力生と死からむ

秋のひげ立てて鈴虫りりりりとほろびをさそひ再生さそふ

星空がそのまま降つてきたやうな花野の雨があなたをぬらす

指揮棒のしづかに止まり秋ふかむモルゲンロート*も奥穂も捨てて

*山の朝焼

いちやう葉はまだ青々と枝にあるを摘み捨つわれの指先にほふ

晩秋の人の心は老いやすく電柱に供さるるカサブランカの白

真正直に雨がトコトコ降つてくるたゆまぬ努力説く朝礼に

くろぐろとつやめくムクロジ掌《て》の上で私の顔を映してゐるよ

Ⅲ

こころ

雪ふれば人間なんて単純ね天気しだいでこころも変はる

這松の広ごるあたりは熊の道雲にこころを照らされ登る

ポリフェノールたつぷり摂つて手作りファームうすいゑんどう青々実る

ゆるゆると桜は散るよ千年の長きを生きるこころが欲しい

胸うちの乏しき炎もえたたせすだ椎の樹の気概いざ見む

光明子吾子をうつしし阿修羅像千三百年も疲労感なし

祖国追はれかげろふと生く佛教徒瞑想すべし立ち帰るべし

重力

重力に海はしづかに引き寄せられ月はのぼり来《く》夕やみおさへ

むら雲の月にかかれる数秒間妙にあかるいコインパーキング

ミラーボールもかがやいてゐたはずシャッター街は湿地帯の匂ひ

遠いとは心の距離が遠いのよ冷気一枚のこる冬朝

私の淋しさは風と引き合ひて鳴る非常口の秋の夕かげ

鉄条網はりめぐらせる一画に水仙ほのと咲きにほふ朝

太陽を拒むどくだみ梅雨ぞらに白き十字のほむらを掲ぐ

羊草ふかく眠れる夜をこめていづくかで聞ゆる銃声の闇

ふるふると椎の花降る沼の面《も》を鯉の数匹卍《まんじ》ゑがきぬ

夏くさの緑の檻より顔出して私はここよとカンナのうたふ

母上の極楽往生ねがひては往生要集しるしし源信

パンドラの箱

物《もの》の怪《け》は千年前よりパンドラの箱に潜むよいつ放たれむ

きれぎれの雨だれの音しら露の路地にさきそむる夕顔の花

朝の露青葉にのこる昼下がり須磨の御寺に波音添ひつつ

クリムトの描く女か雪ふれるホテルの窓に挑む眼をして

物の怪は千年たちてもさまよひて真葛ケ原を吹きわたる風

風土記

背表紙のさざなみ指に及びつつ読む古書なりき鬼の正体

官那羅《くわんなら》とふ鬼は盗られし笛さがし狂ひさまよふ信濃の闇を

島大根火山灰《よな》から白く顔を出し大和人《やまとんちゅう》は日照雨《そばへ》にぬるる

火口湖は天の眼《まなこ》と知りぬべし原のコスモスうすく紅して

早春の白き虹たつ尾瀬ケ原祈りとも見ゆ燧《ひうち》ケ岳《がだけ》は

緋カンナは鳥海山にまむかひて開墾跡地に今朝も咲きつぐ

いづくまで続く縦走路はろばろと尾根みちゆけば日本海みゆ

巨いなる酒倉の屋根くろみつつ寒月いづればほのと白みぬ

大峰の鬼のお宿のおもてなしあの世この世のとけあふ時間

放りなぐるごとくに唄ふ瞽女《ごぜ》の夜うたふは葛の葉子別れうたか

藤の皮なめして藤の衣織る里・さなぶりに食ぶるは笹餅

我こそは安達ケ原に砧うつ女なりしよひもとく霊異記

織り機《はた》

雪と人《ひと》気力半ばし織り上ぐる越後上布の鶴の羽搏き

つつましく秋の袷《あはせ》のしつけ糸すすすと解けて七草もやう

九頭竜の流域に織る羽二重は撚《よ》らずに織りし布の風合ひ

ひと息に布を絞ればあざやけく色の変はれる久留米藍染め

袖通す泥大島は還暦を過ぎて味あり離島のかをり

琉球の梅雨に咲く花イジュの花君に贈りしネクタイに咲く

柿渋のかたき紙にぞ彫り上がる伊勢型紙の鮫小紋《さめこもん》美し

螢火

空をゆくひとかたまりの螢火よ古刹の闇のいつくしくして

大木にこころあるやと樹の肌に耳をつけつつ子らはうかがふ

反魂草ゆるる谷間よ原発はいらぬと沖の浪間にこだます

かうもりは冷たく夜をはばたきて闇のはざまに伸びる稲あり

生きのびて粘液吐きつつかたつむりゆらゆらゆらり花の舌ゆく

上弦の月の明るき山小屋の窓越え舞へる螢ほたるよ

長崎の片足立ちの大鳥居半壊のすがた今もさらせり

一つとは淋しき数よ螢火の熊野古道の闇に消えゆく

明王《みやうわう》に踏みつけられし邪鬼二匹たたる気なんぞありはしません

起き上がり立ち上がりては政岡《まさをか》の子の捨てし命ひりひり思ふ

海の匂ひ

幼日《をさなび》の頃の記憶があふれいづ「われは海の子」うたへる母よ

海の匂ひ私の匂ひよびあつて素肌の内の波はさざめく

霧のいろ舫ふさまさへ美しく水平線に触れさうになる

風向きの不意に変はりて潮薫るむねにとどかぬ言葉は要らぬ

喫水線ふかく下げにし外国船銀河の雫をかぞへてねむる

棕櫚は枝をみだりに張らず空に伸ぶ私の中の舟よこぎだせ

一艘の舟に漕ぎ出す水平線海の匂ひは原始の匂ひ

波の上あるけさうなる月夜なりイタンキ浜の鳴砂ならす

哲学科

見えぬものは脳細胞でみるしかない廊下のながき哲学科あり

樅の樹の線対称を仰ぎつつ上る女坂こんなにも明るい

欲望が野心を越えて顔を出す第四コーナー淀競馬場

幾たびも逆上がりせし手のほてり見せて笑へる子に雪よ降れ

ベトナムの苦しみ語り愛を説くさびしさあたためむティクナットハン

理　想

殻固き木の実小石に砕き食む王様インコのせはし気な顔

平成二十八年六月二十四日、イギリスのＥＵ残留拒否の投票結果が出た

ＥＵの理想もいまは崩れゆくメルケル引き締むる大陸のきづな

エウロペの夢は破れぬ開票に乙女は叫ぶイギリス万歳

脳回路競馬回路に切り替へて眺むるパドックのゆたかなる尻

税務署まへコーヒー店なく紫陽花の葉うらに鳴ける青蛙一匹

へとへとになりて帰りし確定申告羊かん三切れひと息に食ぶ

春のりんご

風船の糸と老婆に手を引かれ幼子あゆむ菜の花のみち

菜の花の一面にゆれほそみちの墓地に陸軍上等兵の墓

こんな明るさがあつただらうか日の出づるに菜の花畑にさざ波ひろがる

この国はどこまでゆくのか危ふきよ春のりんごをさびしみて食む

春闌けて斜めに降りくる月光《つきかげ》にターナーの絵も色あせてゆく

ゆく春は雲の上なりかけ上がる山霧つつむすずらんの花

じかん

いつの間に細胞老いてゆくのだらう青葉の風にテレビ見る夫

耐へに耐へたへて一つの花ひらくサボテンだつて時節を待つよ

お目当ての古民家カフェのいつもの席大正ガラスにサフラン薫る

絹の道こえきし花びんの首ほそく正倉院の冷えにしづもる

酒肴《さけさかな》そろへて君と酌み交はすまだら唐津にしみこむじかん

七つ橋もののも言はずに渡りしよ桜月夜のひいばあさまは

かげ冴えて月しも殊に澄みくれば西行のころおもはるるなり

情報もじかんもみんな操作され我らに残る花水木の丘

解説

——卯の花がしろく咲くとき

中津昌子

篠原節子さんが、「かりん」京都歌会に初めて来られたのは、今から六年前、二〇一〇年夏のことだった。入会はその前年ということだったが、それまで長く古典和歌を学んできて、現代短歌にどう取り組んでゆけばいいのかわからない、と話されたことが印象に残っている。以降、月一回の歌会に熱心に参加され、今では会の進行役などを務めて下さることも多く、大切な京都歌会のメンバーの一員である。明るく、活発な方で、水泳、コーラスを趣味とされ、山にも登られる。また若いころは一〇年ほど中学校で数学を教えておられたということである。しかしそんな篠原さんが一時期歌会に来られなかったことがある。高齢ながら元気で暮らしておられたお父様が突然亡くなられ、そのことからお母様も大きく調子を崩されたのだ。わたしたちには細かくは話されなかったが、ご自身も体調がすぐれず、かなりつらい時期を過ごされたのであったらしい。今ではお母様も施設に落ち着かれ、篠原さんは毎朝かなりの距離を歩いて朝食のお世話に通っておられるという。そのことを話される時も、歩くのは体にいいし、母も喜ぶから、といたって明るい。

今回まとめられたお作品を拝見して、やはりお母様を歌われたお作品に心惹かれた。

気管支まで青々そめる五月なり車椅子の母鯉のぼりうたふ
絵葉書の合掌造りに見入る母、ああ母にふぶける遠き故郷《ふるさと》
車椅子押すにひたひた寄せてくる時間の波に母はまどろむ
いつからか卯の花しろく咲き匂ひ呆けし母は父の名を呼ぶ
朝なさな金魚メダカにあいさつする母はすゆすゆほほづき鳴らす
春鱗に木の芽をそへてすすめれば母の表情ふとやはらぎぬ
幼日《をさなび》の頃の記憶があふれいづ「われは海の子」うたへる母よ

子どもに戻ったかのように、歌をうたい、ほおずきを鳴らす母の姿を見守る視線がやさしい。中でも特に四首目の「いつからか」の歌は哀切である。卯の花の咲く様子に、生死の時間が混ざってしまったような母の時間が溶け込み、その中で「母」が「父」を思う気持だけが濃い。
そしてその「父」は集中で次のように歌われている。

女には夢など要らぬと言ひし父いまなく梅雨めく家にわれ住む

今ならば許せる焼跡の大阪に金こそ力と信じし父を

さてこの辺りで少し視点を変えて、作者がさまざまな土地を訪れた時の歌、山登りの歌を見てみよう。

木更津の名物あさりかき揚げをたひらげ対す春の富士嶺に
富士の嶺はるかに見えて海青し房州ひじきを漁《すなど》る女ら
つばめ飛ぶ安達太良山の北壁ぞ上昇気流に雲はひのぼる
富士見えぬ旅にはあれどしづやかに関東の山われに添ひきぬ

＊

ここからは神の猟場よ五竜岳雲のはざまの岩踏み登る
ぬめぬめと大山椒魚巨岩《おほいは》をよぢ登りゆく岳切《たつきり》渓谷
頂にたてばはろけく遠泳のみづうみに浮く頭みな小さし
母わすれ家も忘れて岩のぼる摑《つか》むくさりがぎしぎしゆれる
あさ霧の晴れてリフトが揺れてゐるだれかが下りた夢の途中で

最初の四首は、歌集名ともなった「百年の雪」の章から引いた。食欲も、視界に入ってくる風物もまさに生き生きと歌われているとともに、四首目「富士見えぬ」の歌には、こまやかな、風土に寄せる思いが滲む。どの歌もとてもいいと思う。＊以降は「山ガール」より引いた。民俗学にも関心の深い作者だが、地名も魅力的にかなり厳しい場面も歌われている。そして四首目「母わすれ」を見るとき、作者がこのようにして、暮らしの中で心のバランスを取りつつ生きていることを思う。最後の歌は少し不思議だ。この「夢」はいったい誰の夢なのだろうか。揺れるリフトを見ている内に誰かの夢の中に入り込んだような雰囲気がある。そして次のような歌はどうだろう。

七つ橋ものも言はずに渡りしよ桜月夜のひいばあさまは

人類の亡んだやうなしづけさに我がハブラシの毛は反りかへる

一首目には先のリフトの歌に似た夢幻的な趣がある。そして二首目、なぜ歯ブラシの毛が反る様が人類滅亡後につながるのか、うまく説明できない。だが一首を読んで不思議に納得を覚える。幻想、あるいは時空を超えたものを歌う際にこの歌人の心にあるのは、もしかしたら長く親しんだ古典和歌につながる何かなのかもしれない。まだ作品として結実したものは少ないが、この辺りにも今後の可能性が開けてくるのかもしれない。

可能性といえば、次のような歌はどうだろう。

西之島ぐんぐん勢ひ増して来て大きく膨らむ私もふくらめ
電柱がくろぐろ小雨に濡れてゐるウナギのやうに皮膚呼吸して
真正直に雨がトコトコ降つてくるたゆまぬ努力説く朝礼に

二首目などややおもしろすぎるかもしれないが、とてもユニークな感覚だ。三首目も真面目な朝礼の場面における雨の感じ方に個性が出ている。

今思い出すのだが、最初、歌稿を見せていただいた時に、もう少し新作もお作りになりませんか、と申し上げたところ、たちまち五十首、さらに四十首を篠原さんは送ってこられた。そのエネルギー、熱意の中でなお可能性が掘り起こされつつあるのだろう。

最後にもう少し歌を引いておきたい。


地の底のゆがみを見せる剝きだしの断崖を打つ八月の豪雨

とびとびに道にたまれる雨水にあけぼの杉は梢《うれ》うつしつつ
出刃うす刃菜切り細切り研ぎそろひ夏のまつりの板場はなやか
一握りの小蕪の種はサラサラと掌よりこぼれて秋日に光る
遠いとは心の距離が遠いのよ冷気一枚のこる冬朝
くろぐろとつやめくムクロジ掌《て》の上で私の顔を映してゐるよ
一つとは淋しき数よ螢火の熊野古道の闇に消えゆく

はげしい自然の様から日常の穏やかさの中のちょっとした嘱目、後半の三首はそんな中で内面へと向けられている目が感じ取れる。最後の歌の「一つ」には、究極一人である人間の姿が重ねられているのだろう。

篠原さんは、この歌集をまとめてゆくなかで、わかってきたと思えることがたくさんあると言われた。処女歌集をまとめられたこと、そして出版をくぎりに、また新たなスタートラインに立たれたことを心より喜び、同時にこの歌集が多くの人の目に触れ、たくさんの感想、批評に出会うことができるようにと願わずにはいられない。

二〇一六年九月十八日

あとがき

この『百年の雪』は、私の第一歌集です。平成二十八年迄の「かりん」の歌を主にまとめました。

私が馬場あき子先生とお会いする契機となったのは「短歌研究」の投稿欄でした。自分の歌に行き詰まり何気なく応募した歌が掲載されたのです。それは淀君を歌った現代とは全くかけ離れた歌でしたが、拙きその一首を馬場先生が採って下さったのです。現代短歌は全く知りませんでしたが、馬場先生のお名前だけは知っていました。本当に嬉しく早速入会申込みのお手紙をかりんの会に出しました。幸い入会をお許し頂き有頂天でしたが、送られて来た「かりん」は私の想像だにしなかった、現代短歌バリバリの歌誌でした。古典調の韻律と内容しか知らなかった私に、大きな不安と途惑が広がりました。父の死、母の認知症発病などもあり一時は諦めようかと思いました。が、東京歌会で偶然眼にした浜田到の心象短歌が強烈に私の心にひびき、短歌を真剣に勉強してみようと決意しました。このような素晴らしい歌をいつか詠みたいと思ったのです。以来いろいろな歌集を読みました。中々上達せず迷い続けていた私ですが、ある日「自分の身の回りの事象を気負わずにありのまま韻文律にのせて詠めば……。」と思いました。それ迄、眼にも止めなかった路傍の草花や、鳥、犬、猫、虫などにも注目すると、新たな歌への情熱が湧いてきました。未熟な短歌ばかりですが、第一歩として歌集を出す事を決意しました。勿論、馬場あき子先生、岩田正先生はじめかりんの会の諸先生、諸先輩の励ましあってこそです。心よりの感謝を申し上げます。目まぐるしく複雑な現代社会ですが、その一端を短歌で表わせたら……と願っています。なおこの『百年の雪』の歌集の帯文を馬場あき子先生に御執筆いただきまして衷心よりの御礼と感謝を申し上げます。とても嬉しく光栄に存じます。

またこの歌集では、中津昌子様に選歌を始め様々なアドバイスを頂き、解説文までお書きいただきまして心より感謝いたします。ありがとうございました。短歌研究社の堀山和子様はじめスタッフの方々にも、お世話になり有難うございました。

これからも毎日短歌を詠み、人生への好奇心を失わずに、精進する決意です。

平成二十八年盛夏

篠原節子

著者略歴

1975年　大阪教育大学数学科卒業

1975～1984年　大阪市立中学校に数学教師として勤務

1985～2014年　ベネッセに勤務（数学指導）

2009年　かりんの会に入会

2016年　第一歌集上梓

省検
略印

新かりん百番No.98

平成二十八年十二月十一日　印刷発行

歌集　百年《ひやくねん》の雪《ゆき》

定価　本体二五〇〇円（税別）

著　者　篠《しの》原《はら》節《せつ》子《こ》

発行者　堀山和子

発行所　短歌研究社

郵便番号一一二―〇〇一三
東京都文京区音羽一―一七―一四　音羽YKビル
電話〇三（三九四四）四八二二・四八三三
振替〇〇一九〇―九―二四三七五番

印刷者　研文社
製本者　牧製本

ISBN 978-4-86272-510-3　C0092　¥2500E

短歌研究社　出版目録

＊価格は本体価格（税別）です。

文庫本	馬場あき子歌集	馬場あき子著		一七六頁	一二〇〇円	〒一〇〇円
文庫本	続馬場あき子歌集	馬場あき子著		一九二頁	一九〇五円	〒一〇〇円
歌集	飛種	馬場あき子著	A5判	二五六頁	三一〇七円	〒二〇〇円
歌集	いつも坂	岩田正著	四六判	一九二頁	二五〇〇円	〒二〇〇円
歌集	和韻	岩田正著	四六判	一八四頁	二五〇〇円	〒二〇〇円
歌集	ダルメシアンの家	日置俊次著	四六判	二〇八頁	三〇〇〇円	〒二〇〇円
歌集	日想	佐々木実之著	四六判	三四四頁	三〇〇〇円	〒二〇〇円
歌集	サラートの声	伊波瞳著	四六判	二〇八頁	二五〇〇円	〒二〇〇円
歌集	宙に奏でる	長友くに著	四六判	一六八頁	二〇〇〇円	〒二〇〇円
歌集	スタバの雨	森川多佳子著	四六判	二三二頁	二七〇〇円	〒二〇〇円
歌集	湖より暮るる	酒井悦子著	四六判	一八四頁	二五〇〇円	〒二〇〇円
歌集	二百箇の柚子	池谷しげみ著	四六判	二二四頁	二七〇〇円	〒二〇〇円
歌集	サフランと釣鐘	浦河奈々著	四六判	一九二頁	二五〇〇円	〒二〇〇円
歌集	地蔵堂まで	野村詩賀子著	四六判	二一六頁	二五〇〇円	〒二〇〇円
歌集	ダルメシアンの壺	日置俊次著	四六判	一七六頁	三〇〇〇円	〒二〇〇円
歌集	光へ靡く	古志香著	四六判	二二四頁	二五〇〇円	〒二〇〇円
歌集	翼はあつた	四竈宇羅子著	四六判	一八四頁	二五〇〇円	〒二〇〇円
歌集	月曜と花	土屋千鶴子著	四六判	二〇八頁	二五〇〇円	〒二〇〇円
歌集	落ち葉の墓	日置俊次著	四六判	二四〇頁	三〇〇〇円	〒二〇〇円
歌集	地下茎	鈴木良明著	四六判	一六八頁	二五〇〇円	〒二〇〇円
歌集	透明なペガサス	田村奈織美著	四六判	一七六頁	二五〇〇円	〒二〇〇円
歌集	野うさぎ	舟本恵美著	四六判	二三二頁	二五〇〇円	〒二〇〇円